여자의 발견

여자의 발견

립스틱과 브래지어 너머 거의 모든 여자의 삶에 관한 이야기

여자도 모르는 여자의 몸, 여자의 물건, 여자의 사랑을 말하다

글·그림 **조화란**

마음의숲

여자의 사랑

나와 당신의 이야기

여자를 떠올리면 '페르소나'가 생각난다.
보여주고 싶은 모습을 보여주고,
사회적 위치와 역할에 따라 그 성격이 달라지는 게
마치 여자의 화장과 닮았다.

때에 따라 시시각각 변하는 여자를 논한다는 건
어쩌면 너무 거창하고 광범위한 이야기다.
이 책은 그저 신상 화장품에 대해 시시콜콜한 수다를 떠는 것처럼.
친구들끼리 제일 좋아하는 체위를 은밀하게 공유하는 것처럼.
모두 아는 이야기, 때론 놀라운 이야기,
나만 이런 거 아니지? 공감할 이야기들을 하려는 것뿐이다.

남자는 알 수 없는 여자의 몸에 대해서.
남자는 공감하지 못하는 여자의 물건에 대해서.
남자는 이해하지 못하는 여자의 사랑에 대해서.
남자는 말할 수 없는 여자의 시간에 대해서.

한 여자가 월경은 끔찍하지만 임신은 축복이라며
이중적인 견해를 말하기도 하고,
화장을 싫어하지만 신상 립스틱은 수집하는 모순된 취미를 갖기도 한다.

변덕스러운 여자를 두고 혹자는
"여자는 알다가도 모르겠다" "여자의 마음은 갈대다"
"세상에 여자처럼 가벼운 것은 없다"
라고 말할지도 모른다.

이 책은
그저 이렇게 많은 여자가 여기 살고 있다고.
가끔 이중적이고, 자주 변덕스럽고, 어쩌다 말을 바꾸기도 하지만
그게 바로 여자가 가지고 있는 수많은 얼굴이라는 걸 알아달라고 말한다.

이 책 속에 등장하는 여자들의
'주근깨'는 콤플렉스를,
'주황머리'는 각자의 개성을,
'검정 언더웨어'는 아무것도 꾸미지 않은
본연의 모습을 표현했다.

이 그림들을 통해, 이 책을 통해,
세상엔 여러 여자들이 있고
그들은 모두 아름답다는 것을 말하고 싶다.
세상에는 이런 여자도 있고, 저런 여자도 있고, 그런 여자도 있다.
이 안에는 나도 있고, 당신도 있다.

육지나 바다에도 야수는 많지만,
모든 야수 중에서 가장 잔인한 것은
바로 여자이다.

- 메난드로스

/

여자의 몸

타인의
이상형

내 애인 혹은 남편은
나를 멋진 곳으로 데려가 데이트할 수 있는 능력이 있어야 하고,
인격적으로 성장했고, 책도 즐겨 읽는 지적 매력이 있어야 하고,
다른 사람들과 술자리가 있어도
나에게만은 꼬박꼬박 연락을 잘해줘야 하고,
나에게만은 예쁜 말 고운 말을 써줘야 하고,
예쁘다고 자주 칭찬해줘야 하고,
옷도 깔끔하고 세련되게 입을 줄 아는 남자여야 해.

이런 조건을 갖고 있는 남자를 만난다면 얼마나 행복할까?
하지만, 반대로 내가 이 모든 조건을 다 갖춘 여자라면?
생각만 해도 멋지고 근사하다!

드라마 〈온에어〉에 이런 명대사가 나온다.

"너가 나처럼 되는 거 어려운 거 아니야.
누가 너처럼 되고 싶게 하는 게 어려운 거지."

드라마 속 여주인공처럼 되길 원하는가.
부잣집으로 시집 간 동창 개처럼 되길 원하는가.
아니면 당신이 누군가의 이상형이 되길 원하는가.

넌 씹었을 때
과즙이 넘치는 여자야

난 살찐 여자가 더 섹시한 것 같다.
목욕탕에서 벗은 몸의 여자들을 보면 더 명확해진다.
살이 포동포동하게 찐 여자가
의자에 걸쳐 앉아있는 게 특히나 섹시해 보인다.

플러스사이즈 모델을 보면 정말 탐스러운 복숭아가 생각난다.
씹었을 때 엄청나게 달콤한 과즙이 줄줄 흘러넘치는 복숭아.
따뜻하고, 포근하고, 넘치는 느낌!

마른 몸이 꼭 이상적인 건 아니란 말씀!
그러니 어깨 펴고 당당하게 걷기.
과소평가하기엔 당신은 충분히 아름다우니까.

모든 짜증의
근원지

때가 되면 올라오는 여드름의 근원지 같은 것, 가슴이 딱딱해지면서 뛸 때나 걸을 때마다 아프게 하는 것, 달고 짜고 매운 음식을 엄청 당기게 하는 것, 꼭 한번씩 더러워진 속옷을 손빨래하게 하는 것, 지나가는 날파리도 짜증나고 바람 부는 것도 짜증날 정도로 예민해지게 만드는 것, 여름에는 땀이 차고 냄새에 예민해지게 하는 것, 자리에서 일어날 때마다 옆 친구한테 샜어? 라고 물어보게 하는 것, 양이 많은 날은 잠잘 때조차 불편하게 하는 것.

수도꼭지처럼 콸콸콸 쏟아내고 꾹 잠글 수 있는 거면 얼마나 좋을까? 월경이 세상에서 제일 귀찮다.

변신은
힘들어

기분 전환을 위해 네일숍에 가서
반짝거리고 화려한 네일아트를 받은 적이 있다.
이래서 네일아트를 받는구나, 기분까지 좋아졌다.
하지만 딱 그때뿐이었다.

손톱이 자라면서 큐티클이 올라와 점점 지저분해졌다.
투자한 돈이 아까웠지만
보기 싫고 지저분해 결국 지워버렸다.
가만히 들여다보니 짧게 깎은 원래 손톱이 훨씬 깔끔하고 예뻐 보였다.

화장하지 않은 맨얼굴이
높은 구두를 벗은 편한 발이
역시 본연의 내 모습이 제일 좋다!

당신은 어떤 외모를
좋아하나요?

세상엔 예쁜 여자들이 많지만,
매력적으로 생긴 여자는 드문 것 같다.

모든 것에는
이유가 있다

영화 〈색계〉에서 탕웨이가
겨드랑이 털을 노출해 굉장히 파격적이었지.
시대 분위기를 반영한 거라고 하지만,
난 왠지 너무 민망하더라고.

예쁜 것도 아니고 미관상 굉장히 불편하게 느껴져.
그냥 겨드랑이 자체가 부담스러운 부위 같아.
털 없는 민둥민둥한 겨드랑이는 너무 인위적이고
털이 있는 겨드랑이는 자기관리를 못한 느낌이랄까.
마른 사람에 비해 통통한 사람들은 겨드랑이 살이 볼록 올라오는데
그것도 너무 싫고, 민망해서 한여름에도 나시 입기가 꺼려져.

여름엔 너무 귀찮아서 제모 시술도 생각해봤는데
때마다 병원에 방문해 겨드랑이를 벌리고 관리 받는다는 게
생각만 해도 귀찮고 부끄러워지는 기분이야.
다 벗은 몸을 보여주는 것보다 겨드랑이를 보여주는 게
더 민망하게 느껴지는 건, 나만 그래?

난 여름에는 예의상(?) 겨드랑이를 관리하지만
겨울에는 그냥 쭉 기른다!

나의 존재

생머리, 곱슬머리, 갈색머리, 흑색머리…
작은 눈동자, 큰 눈동자, 검정 눈동자, 파란 눈동자…
높은 코, 낮은 코, 낮지만 뾰족한 코, 높지만 콧볼이 넓은 코…
세상엔 이목구비로만 수백 가지의 종류가 있다.

단 하나뿐인 '나의 것'들은 그 누가 따라한다고 해도
완벽히 똑같을 순 없다.
즉, 나만 가질 수 있는 '나만의 것'이란 말이다.

아무리 염색을 해도 검은 머리가 나올 테고
렌즈를 껴도 잠들기 전에는 결국 내 눈동자로 돌아온다.
아무리 화장을 해도 본연의 얼굴은 남아있고
높은 구두를 신어도 진짜 키가 커지진 않는다.

자신의 원래 모습을 억누르고 감추려하지 말고
있는 그대로를 받아들이고 사랑하자.

세상에 단 하나뿐이라는 건
정말 특별하다는 거니까!

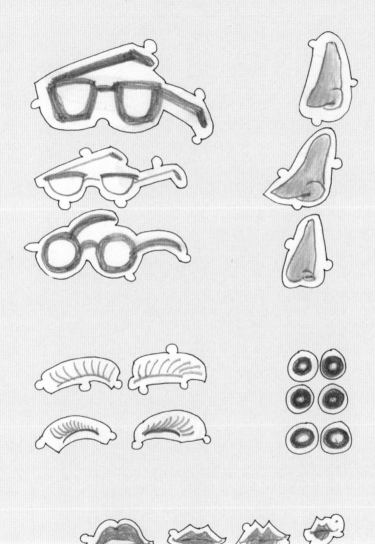

여자가 아름다운
이유

인류의 가장 숭고한 임무,
여자만이 가능한 고귀한 경험.
임신과 출산.

심장과 심장이 가장 가까워지고,
엄마와 아기가 교감을 나누는 감동적인 순간.
모유수유.

만삭 임신부의 D라인이,
출산의 고통을 견뎌낸 산모가,
당당하게 아기에게 젖을 물리는 엄마의 모습이,
그토록 아름다워 보이는 이유는

어쩌면 '여성'으로서 가장 완벽한 순간이기 때문이다.

밤길 조심

내 몸은 내가 지킨다.
알고 있으면 어떻게든 득이 될 밤길 조심 꿀팁!

첫째 파워워킹으로 걷기.
천하무적처럼 나 건드리면 가만 안 돼!
라는 느낌이 들게 당당하게 꼿꼿이 걷기.
그러면서 계속 좌우 좌우 고개를 기계처럼 움직이는 거지.
다가오지 마, 다 보고 있어! 이런 느낌으로.

둘째 긴급 상황 시 도움을 요청할 루트 생각하기.
영화가 시작하기 전엔 항상 스크린에
비상구 확인을 위한 안내가 나오잖아?
혹시 모르니까 미리미리 체크해놓는 거야.
경비실, 늦게까지 불이 켜져 있는 집, 편의점, 24시간 식당도 체크해.
무슨 일이 생기면 소리 지를 수 있게!

셋째 여성안심귀가 어플 사용하기.
검색해보면 다양한 어플들이 존재해.
위치 전송기능은 물론이고, 사고가 발생했을 때 유용하게 쓸 수 있어.

넷째 이건 인터넷에 돌아다니는 아이디어였는데,
너무 좋아서 내 주위 모든 친구들과 공유한 내용이야.

밤길, 안전을 위협받을 땐 큰 소리로
"도와주세요!"가 아닌 "아빠!"를 외칠 것.
아직 딸이 귀가하지 않은 집 아빠들은
무조건 집 밖으로 달려 나올 거라더라.

나르시시즘

여자의 거울은 눈 돌리는 곳 어디에나 존재한다.
회사 책상 위, 가방 파우치 속, 심지어 휴대폰 액정까지.
이렇게 자기 얼굴을 보는 여자들의 심리는 뭘까?

거울을 보며
"거울아, 거울아 이 세상에서 누가 제일 예쁘니?"
계속 물어보는 것 같아.

가끔 내가 보기엔 너무 예쁜 날인데, 남들이 보기엔
"오늘 안 좋은 일 있니? 왜 이렇게 피곤해 보이니"
물어보는 날이 있더라.

이상한 법칙처럼!

2주에 한 번씩
찾아오는 법칙

앞머리를 기를 땐 2주에 한 번씩 야금야금 앞머리를 잘라주었다. 그날 어떻게 자르냐에 따라 앞으로 2주 동안 거울을 보며 스트레스를 받느냐 안 받느냐가 결정된다. 개인적으로 미용실에서 디자이너가 "앞머리 다듬어줄까요?"라고 묻는 것을 가장 두려워했다. 늘 망했으니까.
"정말 조금만 잘라주세요!"라고 강조해 말해도 (내 기준에선) 늘 너무 많이 잘라 앞머리가 이상해졌다. 차라리 내가 자르는 게 편하다는 마음에 2주에 한 번씩 거사를 치르고 있는데, 이거 참 혼자해도 쉽지 않다. 절대로 한 번에 많이 자르지 말자고 다짐해도, 가위질을 시작하는 순간 너무 과감해진다.

역시… 또 망했다.

인간은 같은 실수를 반복하고
다음에도 또 같은 실수로 후회한다는 말이
새삼… 떠오른다.

주근깨의
매력

방송을 통해 피부 속까지 다 들여다보일 것 처럼 맑고 투명한 피부를 가진 연예인을 계속 보니 미의 기준이 달라지는 것 같다. 기미와 주근깨, 그리고 툭하면 생기는 여드름 자국 하나 없는 얼굴이 기준이 되어 '그런 피부가 좋은 피부다'라고 생각하게 된 지 오래다.

우리가 아무리 열심히 피부를 가꿔도, 밥 먹듯 받는 고가의 피부관리와 좋은 화장품, 체계적인 생활습관을 지켜오는 연예인들과 같은 피부가 된다는 것은 애초에 불가능한 일. 이제부터 당신이 가지고 있는 잡티나 주근깨를 포함해서 지금까지 콤플렉스라고 생각했던 것들을 사랑스럽게 바라보자.

언제까지 다른 사람들이 정해놓은 미의 기준에 도달하지 못한, 거울에 비친 내 모습을 보면서 한숨 쉴 것인가? 몇 해 전부터 '건강미' 넘치는 구릿빛 피부의 여자가 주목받지 않았던가! 심지어 콤플렉스의 상징이었던, '주근깨'를 강조한 '주근깨 메이크업'도 등장했다!

잊지 말라.
'미의 기준'은 돌고 돈다는 사실.

자신감을 가져라.
여자를 빛내는 최고의 액세서리는 바로 '자신감'이다.

유행에 대처하는
우리의 자세

청바지에 편한 플랫슈즈,
그리고 아끼는 화이트셔츠와 손목시계,
유행에 따라가지 않고 자연스럽게.

매년 유행을 따라가다 보면
'옷은 많은데 입을 옷이 없는' 사태가 지속될 수밖에 없다.
시간이 지나도 촌스럽지 않은
정말 내 몸에 꼭 맞는 스타일을 찾아라.

엄마도 왕년에
잘나갔었다

내가 네 나이 땐 너처럼 날씬했는데~
나한테 커피 한잔 하자는 남자들이 한 트럭이었는데~
우리 동네에서 나 모르면 간첩이었는데~
예쁘면 피곤하다고, 여자들이 날 얼마나 질투했는데~

지금도 모임 나가면 아무도 내 나이로 안 보더라?
이 정도면 괜찮지! 네가 누굴 닮아서 예쁜 거겠니?

어떤 게
진짜일까

화장을 하면 당당해지는 기분이다.
화장이 잘된 날은 특히 더 기분이 좋다.
누가 쳐다보면 '내가 예쁜가 보다' 자신감 있게 생각할 수 있고,
더 완성된 느낌, 더 견고해진 느낌이라고 할까.

반대로 늦게 일어난 아침,
화장할 시간이 없어 민낯으로 밖을 나서면
평소와 다르게 엄청 주눅이 드는 기분이다.

아는 사람 만나면 어쩌지? 고개도 못 들겠어.
꼭 이렇게 추레한 날 누구 만나던데….

과연 어떤 모습이 진짜 모습일까?

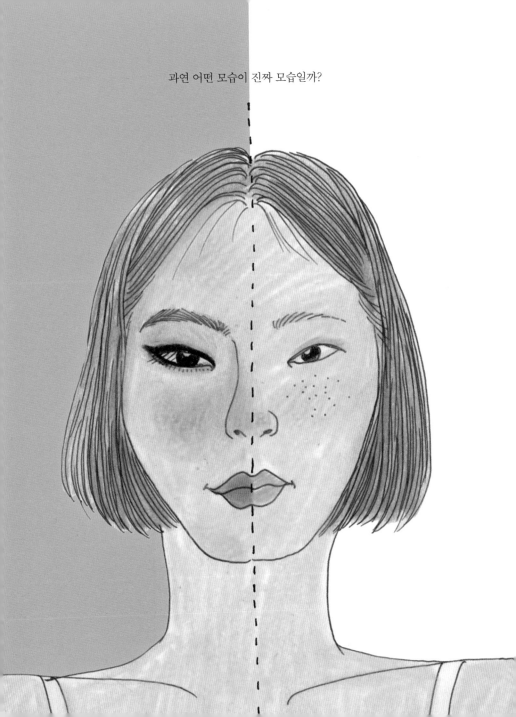

폐경이 아닌
완경

폐가, 폐차, 폐광, 폐업, 폐쇄….
'폐'가 가지고 있는 어감은 몹시 부정적이다.

그러니 '폐경'이 아닌 '완경'이라고 불러주자.
월경을 완성한다는 뜻의 완경!

매달 겪는 생리통도,
예민하게 신경을 곤두세웠던 날들도,
모두 아름답게 마무리했다고.

초경만 축하할 것이 아니라
이 고생 저 고생 다 겪어내고 맞이한 완경도 축하하자.

나이가 들수록 점점
아름다워지는 법

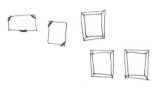

여자들이 정말 멋지게 나이 드는 법은
근육으로 받쳐주는 탄력 있는 몸매를 만들거나
자기와 잘 어울리는 스타일을 찾는,
외모적인 자기 관리법만 있는 건 아니라고 생각한다.

내가 가장 중요하게 생각하는 것은
지치지 않고 계속 자기 할 일을 하는 것.
그리고 자존감을 지키는 것.
명성을 떨치거나 돈을 많이 버는 것에 목적을 두는 것이 아니라
자기가 좋아하는 일을 행복하게 즐기며 사는 것.

눈가에 아무리 많은 주름이 져도 늘 마음은 이십 대 같을 때
늘 열린 마음으로 세상을 바라볼 때
나이가 들어도 멋지다, 아름답다 말할 수 있을 것 같다.

권태기
대처법

더 잘해보고 싶어서 열심히 했는데도
좋은 소리를 듣지 못했을 때.
매일 밤마다 야식을 꾹 참았는데도
체중의 변화가 나타나지 않았을 때.
매번 좋은 마음으로 다가가도
나를 밀어내는 사람이 있을 때.
사람이든, 일이든, 마음이든,
그 무엇이든 권태기가 시작되었다면
힘들어하고 지치고 우울해하며 그 순간을 충분히 느껴라.
그리고 그 권태기를 이겨내고 더 강해진 나를 만나자.

마음이 튼튼해져 쓴 소리에도 끄떡없는 나.
모든 유혹을 다 이겨내고 건강한 몸매로 당당해진 나.
나의 진심을 느끼고 정말 끈끈한 사이가 된 우리.

권태기는 말 그대로 '권태를 느끼는 시간'이다.
얼마나 잘 견디고 극복하느냐에 따라
더 단단하게 성장하기도 하고 쉽게 물러지기도 한다.

2
여자의 물건

한정판

여자를 흥분시키는 단어들이 있다.

친한 친구들과의 수다, 남자친구가 선물해준 반지,
아는 사람만 간다는 숨어있는 맛집,
올해 트렌드 컬러, 기대 중인 영화의 개봉일,
즉흥적으로 떠난 여행, 기다리고 기다리던 백화점 세일기간,
그리고 다신 없는 한정판 디자인.

한정판이라는 단어 자체가 너무 흥분된다.
이번에 나오고 이제 다시는 나오지 않는다는데
흥분하지 않을 여자가 어디 있을까.

한정판이라고 하면, 보통 비싼 가방과 구두를 생각하지만
다양한 분야에서 꽤 많이 나온다.

화장실에서 메이크업을 수정하려고 한정판 팩트를 꺼내들었을 때
옆에 서있던 여자가 같은 제품의
평범한 오리지널 팩트를 꺼내들었다면, 어떤 기분일까?

시즌마다 나오는 유명 커피숍의 한정판 보틀을 사기 위해
아침부터 줄을 서서 기다렸고,
얼마 남지 않은 보틀을 아슬아슬하게 득템했다.
다음 날 출근길에 한정판 보틀에 커피를 담아 마시는 그 느낌이란!

유명 아티스트와 콜라보로 작업한
브랜드의 한정판 디자인을 어렵게 구해 입고 다닐 때
쳐다보는 사람들의 시선! 이 옷, 다 알지?
이상하게 그럴 때, 정말 승리자가 된 것 같다.

한정판에 열광하는 건 남자들도 마찬가지다.
한정판 운동화, 새로 나온 전자제품,
자동차, 시계, 지갑, 벨트까지
핫한 제품에 신경 쓰는 건 사실이니까.

속옷의 철학

나는 속옷에 관대해.
한동안은 브래지어를 차면 답답해서 그냥 벗고 다녔어.
남자들은 절대 몰라. 속옷이 흉부를 조이는 그 느낌!

혹시, 너는 위아래 꼭 맞춰 입니?
사실 나는 짝짝이로도 자주 입어. 어떻게 맨날 위아래를 다 맞추니?
더운 날엔 아예 안 입어. 그냥 패드가 달린 나시티를 입는 정도.

속옷은 짝이고 뭐고 그냥 편한 거 입어야 해.
오래 입은 속옷이 내 몸에 딱 맞게 늘어났을 때,
진짜 편하잖아? 편한 게 최고야.

아, 티팬티? 그거 입을 만하니?
아무리 섹시하다고 추천해도 난 그건 절대 못 입을 것 같아.
내가 상상하는 티팬티는
가랑이가 끼이는 튜브를 차고 물에 들어가는 느낌.
물에 들어가는 순간 튜브는 물에 뜨고 나는 가라앉고,
다리 사이로 느껴지는 찌릿한 느낌!
상상만 해도 불편해.

속옷은 예쁜 것보다 편한 게 최고야.
아, 보여줄 사람이 없어서 이런 건가?

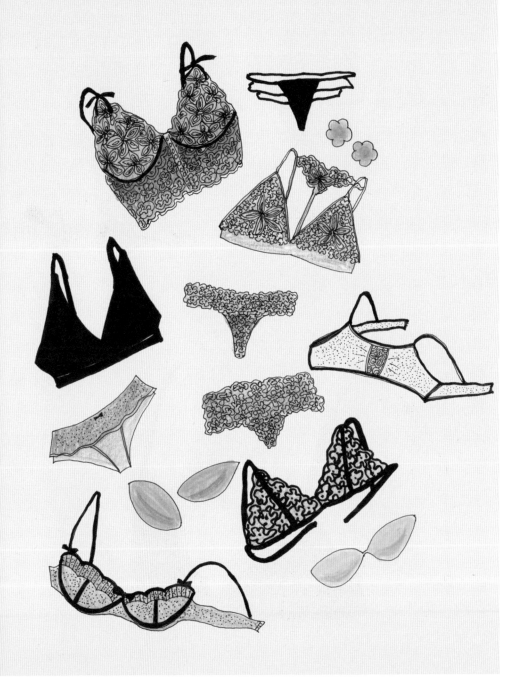

뷰러 팁

언니가 뷰러할 때 사람들이 잘 모르는 꿀팁 하나 알려줄게.
대부분 사람들은 뷰러 빼는 방향을 앞으로만 하는데 그게 아니야.
위로 올려야 해. 여기서 끝내면 그냥 일반인.
잘 아는 사람들은 왼쪽으로 한 번 오른쪽으로 한 번씩 빼줘.
봐, 얼마나 고르고 풍성하게 올라갔니?

구두의
위력

내 신발장엔 거의 모든 종류의 구두가 다 있어.
일단 펌프스는 뭔가 차도녀 같아. 잡지 편집장 같은 느낌.

메리제인슈즈는 살짝 어려보이고 싶을 때,
얇은 스트랩이 발등을 덮는 여리여리한 느낌을 내주지. 소녀감성!

그리고 플랫슈즈는 예전에 잠깐 만났던
키 작은 남자를 위한 배려였는데 요즘엔 아예 안 신어.
플랫슈즈를 신으면 땅에 붙어 다니는 기분이거든.

여름에 하늘하늘한 원피스를 입을 땐
뮬이나 슬링백을 신지, 우아한 공주님 느낌!

이렇게 많은 구두 중에 내가 제일 좋아하는 건 역시 펌프스야.
신는 순간 당당해지는 느낌이거든!

남자에게 신발은 슬리퍼, 운동화, 구두 세 종류로 나뉘지만
여자에게 신발은 이름만 나열해도 수십 가지야!

친구를 만나러 갈 때,
집 앞 슈퍼에 들를 때,
데이트 할 때,
다 다른 구두를 신지!

예쁜 구두를 신고 걷는 순간
모든 여자들은 표정부터 달라져.

갖고 싶다,
그 가방

당당하게 서있는 것 같은 느낌. 딱 각이 살아있지.

자세히 보면 진짜와 가짜는 차이가 많이 나.
다른 아이들과 다르게 어딘지 모르게 도도해 보여.
자꾸 시선을 잡아끄는데 꼭 인연인 것만 같아.
한 치의 흐트러짐 없이 늘 품위를 유지해.
아무래도 재랑 사귀게 될 것 같아.

그날을 위해

뭔가 수영복 같지 않아?
패턴이랑 색도 너무 마음에 들고,
위아래로 딱 맞춰 입으면
모델이 된 기분일 거야.
그래서 괜히 더 허리 펴고 가슴 내밀고 배에 힘을 주게 돼.
음… 이런 건 딱 이벤트용이지.
딱이네, 딱!

화장품
질량보존의 법칙

___

화장품은
우리 월급통장과 닮았다.

어느 정도 남았겠지 생각하며 펑펑 썼는데,
어느 순간 확인해보면 바닥이다.

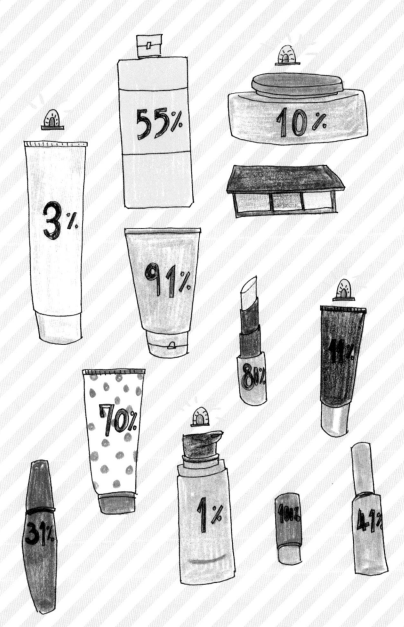

청개구리
빠송

일기예보에서 아무리 한파주의보를 알려도
꿋꿋하게 발목을 드러내고 거리를 걷는 여자들에게
"발목… 안 시럽냐?" 하고 진지하게 물어보지 마세요.

숨만 쉬어도 땀이 삐질삐질나는 삼복더위에
털모자를 쓰고 다녀도
"너… 안 덥냐?" 한심한 듯 물어보지 마세요.
여자들만의 청개구리 빠송이니깐요.

그날의
분위기

나 원래 향수 같은 거 싫어했거든. 인위적인 것 같고 뭐가 좋은지 모르겠어서. 어느 날 친구를 만났는데, 그 애한테 뭔가 오묘하고 매력적이고 사랑스러운 향이 나는 거야. 나중에 물어보니까 향수를 뿌렸다고 하더라고. 그때부터 냄새가 사람의 분위기를 바꾸고, 이미지를 만든다고 생각하며 향수를 쓰고 있어.

까칠하고 차가운 분위기의 여자가 달콤한 복숭아 향의 향수를 쓰면 그것도 반전이고, 귀엽고 소녀 같은 여자가 찐한 머스크 향의 향수를 쓰면 그것도 반전이잖아.

모두 알고 있지만, 다시 한번 확인하는 향수 뿌리는 팁!
손목, 귀 뒷부분, 목, 무릎, 정강이 안쪽 등 맥박이 뛰는 부위에 가볍게 톡톡 뿌리자. 만약 은은하게 풍기는 걸 원하면 코에서 떨어진 하체에 뿌리고, 강하게 풍기는 걸 원하면 빗에 뿌린 다음 머리를 빗어줘도 좋아.

주의사항은 옷이나 보석은 종류에 따라 향수가 닿으면 변색이 될 수 있으니 특히 신경 쓰자. 오래된 향수는 디퓨저로 사용해도 좋다!

관종의
법칙

심각한 상황이나, 예쁘게 보이고 싶은 날엔
이상하게 꼭 민망한 상황이 만들어진다.

신발을 벗었는데 덧신까지 함께 벗겨져 발만 빠지거나,
걸으면 걸을 수록 뒤꿈치가 흘러내려
신발 안으로 말려 들어간다거나,
덧신을 신고 구두 신으면 안 보일 줄 알았는데
회색 덧신이 어색하게 삐쭉 튀어나온다거나.

은밀하게 숨어서
내 발 냄새를 방어해줘야 하는데
자꾸 자기 좀 봐달라고 하는
관심종자 같다고 할까!

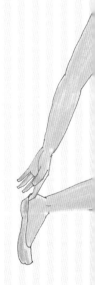

거울아 거울아
세상에서 제일 못생긴 게 누구니

지하철 유리창에 비친 내 얼굴.
지친 퇴근길 엘리베이터 거울에 비친 화장 번진 내 얼굴.
머리하러 미용실에 갔다 정면으로 마주친 거울 속 내 얼굴.
화장품 가게에서 제품 테스트를 할 때 거울에 비친 어딘가 퀭한 내 얼굴.

다른 곳은 그렇다 쳐.
미용실이랑 화장품 가게 거울은 뭐야? 이거 다 상술인가?
못생겨 보이게 특수 제작한 거울 갖다놓은 거 아냐?

그 애매한
경계

내 발은 진짜 못생겼다.
발볼에 맞춰 신발을 사면 사이즈가 너무 크고,
발 길이에 맞춰 사면 볼이 너무 쪼이고.
그래서 군은살도 많고, 티눈도 있다.

수제화를 맞춰 신으면 편하겠지만
불편한 신발은 길들여 신거나
발이 아파도 참고 신는다.

남들은 발볼 없어서 좋겠다.
칼발이라 좋겠다.
나는 발볼과 길이 때문에 고민하며,
발가락 폭과 신발 모양을 고민하며,
늘 235와 240 사이에서 고민한다.

인터넷으로 신발을 구입할 때
열에 다섯은 실패하는 거
나만 그런 거 아니지?

유행과
개성

유행을 쫓는 사람들은 마네킹을 보면
저 옷을 입고 있는 자신의 모습을 상상하는데,

개성 있는 사람들은 마네킹을 보며
자신의 옷장을 상상한다고 한다.
이미 가지고 있는 것들과 마네킹이 입고 있는 옷을
하나하나 매치시키는 거다.

유행과 개성의 차이점은
옷장을 보느냐 마네킹을 보느냐
그 차이 아닐까.

웨딩드레스

결혼을 준비 중인 두 남녀가 웨딩드레스를 고르러 갔다.
결혼식의 꽃은 신부, 신부의 상징은 하얀 웨딩드레스.

여자에게 웨딩드레스는
가장 기본 드레스로 허리를 기준으로 차르륵 퍼지는 A 라인,
가슴 아래 허리선으로 가슴을 강조하는 엠파이어어 라인,
허리는 잘록하고 아래는 풍성한 종 모양으로 떨어지는 벨 라인,
인어공주 꼬리처럼 몸 라인을 잡아주는 머메이드 라인,
슬림하고 성숙한 H 라인을 표현한 시스 라인,
그리고 다리를 강조해주는 미니 드레스까지.

여자는 결혼 전부터, 아니 그보다 훨씬 더 전부터
결혼식장에서 어떤 웨딩드레스를 입을지 상상하며
어떤 디자인이 어울릴까 고민한다.

그렇게 고민하는 여자의 웨딩드레스는
디자인과 종류에 따라 다양하지만
남자가 보는 여자의 웨딩드레스는 오직 하나다.
예쁘고, 하얀 옷.

소녀와
여자

소녀는 여자를 꿈꾼다.

빨리 어른이 되고 싶고,
빨리 여자가 되고 싶은 소녀는
킬힐을 꿈꾸고, 스모키 화장을 꿈꾼다.

어른처럼 보이는 옷을 입고
어른처럼 보이는 가방을 메고
어른처럼 보이는 구두를 신는다.

소녀와 여자의 경계는
틴트와 립스틱 같은 것 아닐까.

책가방에서 꺼낸 귀여운 케이스의 틴트를 바르느냐,
검정색 총알 케이스의 립스틱을 꺼내 바르느냐.
그 미묘한 차이 아닐까.

샴푸를 고르는
방법

두피의 혈액 순환을 돕는 두피 마사지 전용 샴푸,
머리를 빨리 기르고 싶을 땐 패스트 샴푸,
남자를 홀릴 수 있는 향이 좋은 퍼퓸 샴푸,
잦은 펌과 염색으로 손상된 머리카락을 케어하는 염색모발 전용 샴푸.
민감한 두피에 좋다는 무실리콘 샴푸.

여자는 어떤 샴푸를 쓰느냐에 따라
그날의 분위기와 헤어스타일이 바뀐다.
하지만 남자는 '샴푸라고 적혀 있었던 것'을 그냥 사서 쓴다.

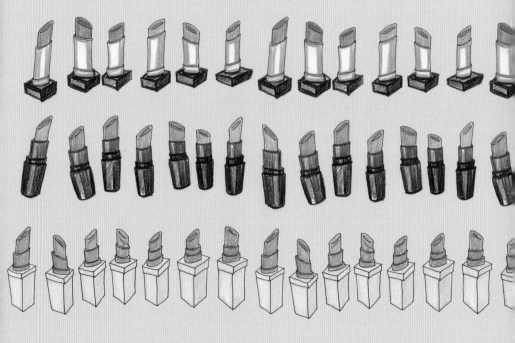

여자는
립스틱

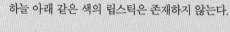

하늘 아래 같은 색의 립스틱은 존재하지 않는다.

여자에게 핑크는
핫핑크, 로즈핑크, 브라운핑크, 벽돌핑크,
누드핑크, 코랄핑크 등 다양하지만

남자에게 핑크는
진한 핑크, 연한 핑크, 어제 그 핑크(?)등으로 나뉜다.

여자가 립컬러를 고민하는 이유는
자신에게 잘 맞는 색을 고민하기 위한 것도 있지만
미묘한 색깔 차이로 그날의 분위기를
섹시하게, 귀엽게, 청순하게 바꿀 수 있기 때문!

이 능력이라면
불가능도 가능하게

쇼윈도에 있는 예쁜 목걸이가 어느새 목에 걸려있고,
한정판으로 나온 립스틱이 어느새 파우치에 담겨있고,
어떤 여자들은 갖고 싶은 게 생기면 애인이 선물해준다는데…
"미안하다 내 몸뚱아, 나에겐 그런 능력이 없단다."

오늘도 열심히 나처럼 장바구니를 채우는 자들이여,
슬퍼하지 마라.
우리에겐 월급날이 있도다!

여자는 무엇이든지 부탁해서 얻을 수 있는 능력을 가지고 있다.

- 발타자르 그라시안

3

여 자 의 꿈

이 정도면
방탄유리

유리천장지수에서 우리나라가
4년 연속 최하위를 기록했다.

언론은 성공한 여자들의 이야기를
마치 하나의 '트렌드'인 것 처럼 해석한다.

'여성 최초' '알파걸' '여성 정치인'
'여성 대통령' '여자 경찰' '여배우' '여류 시인'

성별에 관계없이 동등한 사회의 일원이라면,
'여성'이라는 수식어는 필요치 않을 것이다.

여성들의 사회진출이 활발해지고는 있지만,
여전히 노동시장에서 여성의 입지는 좁고,
유리천장도 만연히 존재한다.

유리도 그냥 유리가 아니다.
이 정도면 방탄유리지, 뭐!

자랑하고 싶은
날

민낯에, 감지 않아 떡진 머리, 꼭 이렇게 상태 안 좋은 날 엄마가 심부름을 시킨다. 그럼 모자 푹 눌러쓰고 빛의 속도로 쏜살같이 다녀온다.

반대로 오늘따라 화장도 잘 먹고, 옷도 잘 차려 입은 날, 하루 일과를 마치고 집에 막 도착해 쉬려고 하는데 엄마가 다시 마트에 나가 뭐 좀 사다 달란다. 그땐 기분 좋게 나갈 수 있다.

왜? 오늘 난 내가 봐도 예쁘니까.

클럽은 대체
왜 가는 거야

클럽 죽순이들은 자기가 죽순이라는 걸 인정하기 싫은지
꼭 하는 변명이 있어.
그냥 단지 춤추는 게 좋아서 클럽에 가는 거라고.
야 그냥 춤추러 가는 게 좋은 거면 그냥 편한 바지에
운동화를 신고가지 왜 불편하게 하이힐을 신고, 화려하게 꾸미고 가냐?
그것도 꼭 불토에만 간다?

알아, 클럽 좋지! 조명핀 막 돌아가고, 쿵짝쿵짝 음악 들으면서
그 공간에 사람들과 함께 있다는 것만으로도
흥겹고, 들뜨고, 신나는 거.

그러니까 눈치 보지 말고 당당하게 즐겨! 죽순이면 뭐 어때?
놀다 죽은 귀신 때깔도 좋다!

마음가짐

아무리 현실이 버겁게 느껴져도
대부분의 것들은 시간이 흘러
추억이 된다고 생각한다면 한결 마음이 놓인다.

정말 들어가고 싶었던 대학에 떨어져도
열심히 준비한 면접에서 미끄러져도
오랜 짝사랑이 실패해도
믿었던 사람에게 배신당해도
간절하게 매달린 일에 결과가 미흡해도

시간이 흐르면 그때의 결과는 중요하지 않게 된다.
그 후에 내가 갖는 마음가짐이 중요한 거지.

빵순이
은퇴선언

그렇게 미치도록 좋아하던 빵이 보기만 해도 거북할 수 있구나.
할머니가 되도 빵은 달고 살 줄 알았는데.
평생 좋아할 거라고 당연하게 생각했던 것들이
싫어지는 순간도 있구나.

살면서 좋았던 것이 싫어지기도 하고
미웠던 사람이 불쌍하게 느껴지기도 하고
고마웠던 시간이 수치스럽게 변할 수도 있겠지?

문득 삶은
끊임없이 위험한 착각을 하며 사는 것이라고
말하고 싶어졌다.
여기까지, 빵순이 은퇴선언!

도돌이표

1 연예인 사진을 봐. 예를 들면 송혜교, 수지, 고준희 같은 스타들.
2 그리고 친구들한테 물어봐. 자를까 말까. 매일매일 물어봐.
3 그러다가 결국엔 친구들 의견에 상관없이 머리카락을 잘라.
4 미용실에서 막 자르고 나오면 관리된 상태니까 예쁘지.
5 하지만 다음 날 내가 머리를 만질 땐 어제랑 달라. 아씨, 괜히 잘랐어.
6 그래서 다시 머리카락을 길러.
7 머리가 좀 길었다 싶으면 또 앞머리가 있는 핫한 연예인 사진을 봐.
   예뻐. 또 친구들한테 물어봐.

그렇게 또 반복이 되는 거야. 마치 카르마처럼.
어딘가 도돌이표가 있는 것처럼.
자, 다시 처음부터!

순정만화를
읽는 시간

여자의 성장과정 중
순정만화를 읽는 시간은 빠트릴 수 없는 인생의 시기 아닐까?
만화책을 보는 이유는 드라마에서는 표현되지 않는
찌릿찌릿한 감정을 설명해주기 때문이지.

드라마나 영화로는 해소되지 않는 그 말랑말랑한 감성!
주인공의 사랑과 실연과 모험과 낭만이 가득한 이야기들.
중요한 건 그림체가 탄탄하면 더 재미있다는 거야.

내가 갖지 못한 책들이 벽면을 가득 채우고
만화책 종이 특유의 냄새가 가득한 만화 책방이 난 너무 좋아.
내가 자랄 땐 스마트폰이 없어서 그런지 몰라도
오리지널 책으로 만화를 보는 게 너무 행복해.

요즘 만화 책방이 점점 사라지고 있는데 그저 슬플 뿐이야.

당당한
미혼모

왜 '미혼모'라고 하면 엄청난 사연이 있을 거라고 상상하며
안타깝게 바라보는 거지?
단지 '결혼을 안 한 엄마'일 뿐인데.

솔직히 결혼해도 우리나라 대부분의 여자들은
자기 일하면서 양육도 함께 병행하잖아.
실질적으로 하는 일은 똑같은데
단지 혼자 아이를 키운다고 비련의 주인공으로 만들지 않았으면 좋겠어.

〈섹스 앤 더 시티〉의 미란다는 자발적인 미혼모야.
정말 당당한 미혼모. 얼마나 멋지니!
그걸 보고 나도 미혼모로 살아보는 건 어떨까
하는 생각을 가끔 했어.

결혼, 임신, 출산, 양육.
그 선택을 존중받는 사회를 만들 순 없을까.

여자의 적은
여자다?

어느 날 트위터에 이런 말이 떠돌아다녔다.

새로 온 여직원이 풀 메이크업에 구두를 신고 다니니까,
꾸미지 않고 다니던 기존의 여직원들이 화장을 하기 시작했다고.
이것으로 여자가 정말 신경 쓰는 건
남자가 아닌 같은 여자라는 걸 알게 됐다고.

이런 이야기를 보면, 사람들이 말하는
'여자의 적은 여자다'라는 말을 뭔가 체감하게 되는 것 같다.

근데 생각해보면
굳이 같은 여자를 적으로 둘 필요가 있나?
경쟁보다는 서로 응원하고, 더 끈끈한 유대감을 쌓는 게
서로를 위해 더 좋잖아!
'여적여'가 아닌 '여덕여'를 위하여!

• 여적여 : '여자의 적은 여자다'의 줄임말.
• 여덕여 : '여자의 덕후는 여자다'의 줄임말.

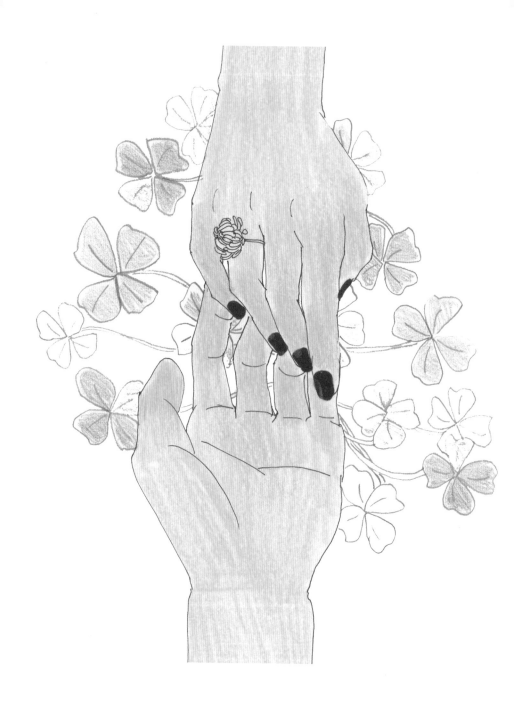

결혼은
현실

한때 결혼을 약속한 남자가 있었어. 집은 서로 회사랑 가까운 어디서 살자 알아보고, 웨딩드레스도 고르고, 축가 불러줄 사람도 찾아놓고, 상견례 날짜까지 잡은 상태였지. 근데 상견례 날짜를 잡은 후부터 그렇게 하고 싶었던 결혼이 갑자기 두려워지는 거야. 만약 내가 결혼을 하면 친구랑 밤새 노는 것도 어려워지고, 남편 저녁 시간에 맞춰서 밥도 해줘야 하고, 시댁 일도 신경 써야 하고, 이것저것 제약이 많아지잖아. 내 자유가 없어지면 내 인생이 없어질지도 모른다는 생각이 들었어. 그래서 헤어지자고 말했지.

아직 예쁜 이십 대 때 한 남자에게 맞춰 남은 평생을 살 생각하니까 내 인생이 너무 불쌍하고 억울하게 느껴졌어. 난 항상 결혼은 일찍 할 거라고 말했는데 이젠 바뀌었어. 이십 대는 부지런히 하고 싶은 일들을 찾아할 거고, 삼십 대에도 열심히 내 인생을 살 거야. 그러다 서로 응원하고 힘이 되어주는 멋진 남자를 만난 뒤 함께 살 거야. 결혼이 아니라 함께 살아본다고.

연애의 결말이 결혼일 필요 없고,
꼭 결혼을 해야만 함께 하는 건 아니잖아?

인생의
주인공

내 인생의 주인공은 엄마가 아니라 바로 나다.

주변을 둘러보면 삶의 중요한 결정들을
'엄마 때문에'라는 말로 망설이는 사람들이 꽤 있다.

"엄마 때문에 그렇게 해야 해."
"엄마가 별로 안 좋아하셔."
"엄마 말 따라야지 어떡해."
전공을 선택할 때, 취업을 준비할 때, 결혼을 고민할 때,
나보다는 엄마가 원하는 것들로 채워지는 삶.
언제까지 엄마가 좋아하는 일만 찾아서 할 건가.

단지 엄마의 욕망을 위해 자신의 욕망을 거세하지는 말라는 말이다.
자신의 욕망이 무엇인지, 진짜 나의 삶이란 무엇인지 생각해보자.

"부처를 만나면 부처를 죽여라"라는 말처럼
"부모를 만나면 부모를 죽여라."

손.이.고

우연히 텔레비전에 나오는 연예인의 헤어스타일을 보고
그래 이번엔 저렇게 해보자!라는 마음을 먹고 미용실로 향한다.
여러 각도에서 찍은 사진을 저장하고
나름 이름도 알아가서 이 머리로 해주세요!
씩씩하게 말하면 항상 돌아오는 대답.

"손님, 이건 고데기예요."

각자의
목표

A라는 사람은 작은 산은 물론이고
크고 높은 산을 올라가 많은 것을 경험해봐야지!라고 생각하고
B라는 사람은 동네 낮은 뒷산을 끝까지 포기하지 않고
꾸준히 올라야가지!라고 생각한다.

에베레스트를 넘는 것이 목표인 사람과,
낮은 뒷산을 목표로 잡았지만 끝까지 포기하지 않고
꾸준히 오르는 게 목표인 사람.
세상에는 많은 사람들이 있고, 각자의 목표 지점도 모두 다르다.
그러니 남들이 정해놓은 목표가 아닌 자기만의 목표를 잡고 달리자.
눈치 볼 필요 없다.

에베레스트를 올라간다고 해서 위대한 것도,
낮은 뒷산만 올라간다고 보잘것없는 것도 아니다.
그저 포기하지 않고 끝까지 해낸 자신에게 칭찬해주자.
"수고했어, 오늘도."

여자의
공백기

여자는 아이를 낳는 동시에 없어졌다가
그 아이가 학교에 입학하는 순간 다시 여자로 돌아온다.

Perspective

예전의 나는 틀 밖에 있는 것들을 받아들이면
내 존재가 흐려진다고 생각했다.
그러나 한번 틀을 깨고 나니 모든 것이 흥미로웠고,
새로운 환경과 다양한 사람들을 만나보니
내가 알던 세상이 통째로 달라졌다.

정확한 표현일지는 모르겠지만
빨강 물감에 노랑 물감이 섞인다고 겁먹을 필요 없다는 거다.
오히려 더욱 더 매력적이고 상큼한 주황색이 되니까.

한 가지 색에서만 갇혀 살고 있다면,
생각해보지 않았던 다른 색과 만나 자신만의 매력적인 색을
만들어보는 건 어떨까?

4

여 자 의 사 랑

사랑을 주는
방법

지인에게 화분을 선물 받았다.
'윌리엄'이라는 귀여운 이름표가 붙어있었다.
너무나도 앙증맞은 다육식물이라
아기 다루듯 조심스럽게 키웠다.

모든 식물은 일주일에 한 번씩 물을 줘야한다고 생각해
꼬박꼬박 듬뿍 물을 주었는데
점점 잎들이 무르면서 하나둘씩 썩어갔다.
물이 부족한 줄 알고 더 많은 물을 주고,
햇빛에 놓아주면 좋아할 줄 알고 뙤약볕을 쐬게 했다.
그러다 결국 모든 잎이 떨어져서 앙상하게 죽어버렸다.
이게 나의 사랑법이었는데 뭐가 잘못된 거지?

다육식물은 물을 많이 주면 안 되고
물을 준 다음 바로 뜨거운 햇빛을 받으면
뿌리가 익어버린다는 사실을
윌리엄이 죽고 나서야 알았다.
작은 식물도 내 방식대로만 사랑하면 결국 죽는다.

계속 싸우기만 하다 떠나간 옛 연인이 있다면
그 사람이 정말 원하는 사랑이 무엇이었을지 곰곰이 생각해보라.
자신의 방식만을 강요하는 사람은 상대를 지치게 할 뿐이다.

여자가 드라마를
사랑하는 이유

나는 꿈 많은 소녀였다.

모든 여자애들이 한번씩 꿈꾼다는 피아니스트도 되고 싶었고,
발레학원에 다닐 땐 세계적인 발레리나가 꿈이기도 했다.
미술학원에 다닐 땐 화가,
성적이 좋아 엄마에게 칭찬 받는 날이면 선생님,
친구들이랑 병원놀이를 할 땐 의사,
학교에서 토론수업을 하다 아이들끼리 감정싸움까지 번졌을 땐 변호사,
순정만화를 읽을 땐 백마 탄 왕자님을 기다리는 신데렐라가 되고 싶었다.

여자가 드라마를 사랑하는 이유는 그 꿈들 때문이 아닐까?
그때 꾼 꿈들을 다 이루지 못해서
여자는 드라마를 보며 또 다른 삶을 꿈꾸고
대리만족을 하는 것 같다.

역경을 이겨내는 용감하고 씩씩한 주인공,
결국 무던한 노력 끝에 실력을 인정받고 일어서는 주인공,
그 안에서 로맨틱한 남자와 사랑에 빠지는 주인공!

여자는 삶이 드라마가 되길 꿈꾼다.
그 끝은 반드시 해피엔딩으로 끝나길 바란다.

연애
보험사기

전 남자친구에게 '좋은 친구 사이로 지내자'라는
연락이 오면 그냥 단칼에 차단시켜.

남녀 사이에 친구가 어디 있니?
남자에게 제일 쉬운 건 '전 여친'이란 말이 괜히 있겠어?

뭐 그래, 친구로 지낸다고 치자. 하지만 진짜 친구는 어렵다 이거야.
달콤하고 야들야들한 말로 친군지 썸인지 하는
애매한 관계를 만들어버린다고.
네가 착각할 수밖에 없게.
그래서 흔들린 네가 '우리 무슨 사이야?'라고 물어보면
너랑 난 정말 친구 사이다, 착각하지 마라, 그러면서 발 뺄게 뻔해.

전 남자친구를 친구로 위장해 지내는 순간
넌 그냥 그 남자의 보험이 되는 거야.

헤어진 연인과는 친구로 지내지도 말자.
구질구질해서 구남친이다.

우리 친구로 지내자

내가 미쳤냐?

다신 연락하지 마

인생의
친구

한때 정말 믿을 사람 한 명도 없다고 말하며
아무도 못 믿는 극한의 상황에 내몰린 적 있었어.
그때 키우던 강아지를 껴안고 엉엉 울었지.
내가 슬퍼하는 걸 알았는지 계속 내 손을 핥아줬어.
힘들었던 걸 위로받는 기분이었어.
반려동물은 대가 없이 나를 사랑해주고,
위로해주는 온전한 내 편 같아.

규칙적으로 산책도 시켜줘야 하고, 대소변 뒤처리는 늘 번거롭지만
그것조차 예쁘고 사랑스럽고 그래.

누구에게나 소중한 친구는 존재하잖아?
인생을 함께하는 친구 중 하나가 반려동물인 사람,
꽤 있겠지?

우리가 모든 순간을
기록하는 이유

어떤 사진이 나올지 기대하며 현상소로 향하던
과거가 떠오른다.

사진을 찍는 순간 눈을 감진 않았는지
손가락이 함께 찍혀 나오진 않았는지
빛이 들어가진 않았는지
사진을 현상하기 전까진 아무것도 몰랐던 그때.

하지만 요즘은 뭐든 빨리빨리
매순간을 핸드폰 카메라로 기록하고,
빨리 처리하고 확인하고 삭제한다.
먹는 것마다, 가는 곳마다, 만나는 사람마다,
핸드폰 카메라를 열어 사진을 찍고 기록을 남기는 시대다.

어쩌면 사람들이 이렇게 사진을 많이 찍는 이유는
무엇이든 빠르게 생겨나고 없어지는 이곳에서
잠깐이라도 회상할 수 있고 생각할 수 있는
시간을 만들기 위한 노력이 아닐까.

행복했던 시간을 멈추기 위한
필요가 아닐까.

계산적인
사랑

이번 발렌타인데이 때 비싼 셔츠를 선물했으니까
눈치껏 화이트데이 때 목걸이 정도는 사주겠지.
그때 걔도 나한테 거짓말 한 번 했으니까
이번 일 한번쯤은 당연히 봐주겠지.
내가 군대 1년 8개월 동안 기다려줬으니까
제대하고 나면 나랑만 만나달라고 해야지.
남자가 밥을 세 번 정도 사면
여자가 그중에 한 번만 사도 매너 지키는 거지.

머리로 계산기 두드리지 마라.
계산할수록 가격이 저렴해지는 건 그 사람에 대한 마음뿐이다.

300,000 + 500,000 − 1,000,000

100,000 − 200,000 + 600,000

400,000 − 400,000 − 150,000

200,000 − 30,000 + 250,000 = ?

모임의 목적

공부나 취미를 위한 모임에 딴 마음을 품고 온 사람들.
여기엔 동아리, 스터디, 종교활동, 봉사활동 모두 포함이다.

즐겁게 활동하면서 예쁘게 오래 사귄다면 상관없다.
문제는 그들이 싸우거나 헤어지면
둘 중 하나가 사라지거나, 둘 다 사라진다는 것.
어느새 모임에 나오는 목적이 공부나 취미가 아닌 연애로 바뀌었나보다.

여긴 외로워서 연애하러 오는 그런 곳 아니다.
제발 좀 싸웠다고 나가지 말고
연애한다고 사라지지 말자!

슈트
간지

슈트간지, 슈트빨
이런 단어가 괜히 생긴 게 아니야.

그 배우가 슈트 입은 거 봤어?
진짜 어쩜 그렇게 섹시할 수 있지?

할아버지들이 슈트 입은 거 봤어?
진짜 중후한 멋이란 그런 거지!

슈트가 잘 어울리는 남자는 일단 체격이 좋아.
그리고 겉모습만 봐도 좋은 냄새가 풍길 것 같아.
단정하고 깔끔하게 차려입은 옷이
그의 성격까지 세련되게 포장해주는 느낌.

그런 갖춰진 모습에 여자들이 반하는 거거든.
그리고 솔직히 슈트가 잘 어울리는 사람은
얼굴이 못생겨도 잘생겨 보이더라.

그런데 왜,
내 주변에는 슈트 입는 남자들이 없는 거야? 어?

가끔씩
매력 어필의 시간

예능 프로그램을 보면 꼭 등장하는 게스트들의 매력 어필의 시간.
노래, 춤, 연주, 성대모사 등 갖가지 개인기를 선보인다.
마찬가지로 연애를 할 때도 가끔씩 다른 매력을 보여줘야 할 때가 있다.

평소에 캐주얼한 옷을 즐겨 입는다면,
아무 날도 아닌 데이트에
평소와 전혀 다른 스타일의 여성스러운 옷을 입고 나간다든지.

평소 아주 도회적인 이미지의 애교도 없는 스타일이었다면,
한강으로 나들이 가는 날 손수 싼 깜짝 도시락을 준비한다든지.

가끔씩, 그러나 반드시
때와 장소에 따라 숨겨진 나만의 매력 어필이 필요하다.

엄마는
사랑

딸아, 엄마는 죽게 되면 꼭 장기기증을 할 거야.

훗날 엄마가 사고를 당해 급작스럽게 생을 마감하거나
뇌사상태에 빠지게 되면,
지금 이 부탁을 잊지 말고 들어주렴.

내가 기증한 장기를 전달 받은 사람들은
분명 행복하게 살 수 있을 거야.
마지막 순간까지 엄마는
네 자랑스러운 엄마로, 따뜻한 사람으로
기억되고 싶구나.

나는 죽어 사라져도, 내 장기들은 여기저기
새 삶을 얻어 열심히 움직이고 있을 테니.
생각만 해도 뿌듯하고 행복하단다.

그리고 중요한 건 내가 장기기증을 하면
식구 중에 아픈 사람이 생겼을 때
우선권이 생긴다고 하더구나.
생각만 해도 고맙고 감사하단다.

끝까지
책임진다더니

연애할 때 남자들은
"끝까지 책임질게. 나만 믿고 따라와."

하지만 이건 마치
면접을 볼 때
"네! 맡겨만 주시면 열심히 하겠습니다"와 같은 말 아닌가?

그걸 믿으면 나만 바보다.
세상에 믿을 놈 하나도 없다.

칭찬은 남자도
춤추게 만든다

1단계 리액션 대마왕으로 변신. 작은 일에도 크게 리액션하면서 대단한 사람처럼 만들어주기. 나랑 있으면 으쓱해지고 멋진 남자가 된 것 같은 느낌을 받게 하는 거지.

2단계 맨몸의 남자도 칭찬으로 몸짱 만들어주기. 가벼운 스킨십을 시도해! 눈을 씻고 찾아봐도 그 남자 팔뚝에 잔근육 따위 없어도 그냥 있다고 생각해. 어머 팔뚝 봐. 운동 좀 했나 봐! 얼마나 운동하면 이렇게 돼? 라고 말하면서 팔 한번 터치해줘. 그런 뒤 근육이라곤 찾아볼 수 없는 네 말랑말랑한 팔뚝에 힘 팍 주면서 나도 근육 있다? 해봐. 남자도 네 팔 한번 슬쩍 눌러볼걸? 자연스러운 스킨십 성공!

3단계 보너스로 손등이나 팔뚝에 있는 핏줄 하나에도 예민하게 칭찬해 줘. 그러면 남자들 다 좋아해. 칭찬은 고래를 춤추게 한다고?
아니, 칭찬은 남자도 춤추게 해!

너 만나기
3시간 전의 고통

인간이 느끼는 고통의 순위는 아래와 같다.

1위. 작열통, 몸이 불에 탈 때의 고통
2위. 절단, 손가락 혹은 발가락의 절단
3위. 출산, 임신 후 아기를 출산할 때
4위. 고환마찰, 남성이 고환을 맞았을 때
5위. 만성요통, 허리가 끊어질듯한 고통
6위. 암, 암에 의한 통증
7위. 환상지통, 잘려나간 부위에 느끼는 고통
8위. 타박상, 근육에 손상을 입은 고통
9위. 생리통, 생리 중에 느끼는 복통
10위. 신경통, 포진 이후에 느껴지는 고통

엄마가 아이를 만나기 전에 느끼는 고통은
다른 고통의 순위보다 더 따뜻하다는 데 안도하며!

곧 만나자 아가.

날 사랑하긴 하니?

A 나 어떡하지 진짜.

B 저번부터 고민하더니 아직까지 결정 못한 거야? 그냥 헤어지라니까.

A 근데 그것만 빼면 다 괜찮은 애야. 속은 착한 애거든.

B 아 답답해죽겠네.
　 걔는 너를 좋아하는 게 아니고 네 몸을 원하는 거라니까?

A 물어볼까? 나를 좋아하는 건지, 나랑 자고 싶어서 날 만나는 건지?

이별 후
변하는 것들

이별 후, 남자는 이제 세상 어느 여자든
다 사랑할 수 있다는 마음에 자유를 만끽한다.

이별 후, 여자는 이불을 뒤집어쓰고
끝난 사랑을 수없이 곱씹으며 눈물 흘린다.

시간이 지날수록
남자는 점점 여자가 잘해줬던 것만 기억난다.
시간이 지날수록
여자는 사랑이 끝났다는 해방감에 자유로워진다.

남자는 뒤늦게 찾아온 이별의 아픔 때문에 술독에 빠지지만
여자는 다시 새로운 사랑을 만나기 위해 빠르게 재정비에 돌입한다.

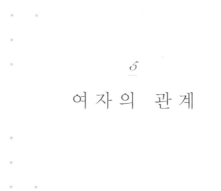

6

여 자 의 관 계

용기가
필요하지 않은 말

버스를 타면 운전기사 아저씨에게 "안녕하세요"
음식점에서 물컵을 갖다 주는 알바생에게 "고맙습니다"
앞서가는 사람의 뒤꿈치를 밟았을 때 "죄송합니다"
일을 마치고 퇴근하는 동료들에게 "고생하셨습니다"
지친 얼굴로 집에 들어오신 부모님께 어색하지만 "사랑해요"

중요한 것은 이 모든 말들은
돈도 들지 않고, 힘도 들지 않으며,
무엇보다 부끄러울 필요도 없다는 것.

세상에
비밀이란 없다

여자는 비밀을 지킬 줄 모른다고 일컬어진다.
그것은 잘못된 이야기다.
다만 그것이 대단히 어려운 일이기 때문에
몇 명이서 공동으로 알고 있으려는 것 뿐이다.

- 장 드 라브뤼예르

사실은 말야
걔 남편 바람피다 걸렸는데
이거 비밀이야

어머머
그 XX가

그 XX 얼굴 반지르한게
뒤에서 호박씨 깔줄
알았어

누군가 남자들의 대화는
여자, 게임, 군대,
이 세 가지 주제로도 가능하다고 했다.
하지만 여자들은 커피숍에 앉아서
정치, 사회, 경제, 문화, 스포츠, 요리, IT, 여행, 종교는 물론이고,
새로운 화장품 추천, 어젯밤 옆집 부부가 싸운 일,
결혼한 동창의 위태로운 신혼생활 이야기,
최근에 가봤던 맛집 공유, 연예인 찌라시, 레몬청 담그는 법,
가족 안부, 썸남과 밀당 이야기, 짜증나게 했던 상사 뒷담화 등
끊임없이 주제를 바꿔가며 대화를 풀어나간다.

그리고 가장 중요한 건
"자세한 이야기는 전화로 할게!"
라고 말하며 헤어진다는 것.

자매일기

맨날 싸웠지. 옷 때문에 싸우고, 먹을 것 때문에 싸우고, 부모님께 더 예쁨 받으려고 서로 질투하면서 싸우고. 근데 점점 나이가 드니까 제일 친한 친구는 언니야. 우리 언니도 "나는 친구 없어, 너밖에"라고 말하더라. 진짜 속마음을 보여줄 수 있는 건 자매밖에 없는 것 같아. 친구도 당연히 좋지. 근데 친구는 언제든 헤어질 수 있잖아? 아무리 싸우고 지랄발광을 해도 남는 건 가족이고, 언니더라. 친구도 좋지만 가끔 나한테 언니가 있어서 너무 다행이라고 생각해.

다른 자매들 이야기 들어보면 서로 옷 때문에 자주 싸운다는데, 우린 옷이 아니라 음식 때문에 자주 싸웠어. 우리 언니는 냉장고에도 언니 자리가 따로 있을 만큼 자기 음식에 민감했지. 언니 자리에 있는 먹을거리 하나라도 건드는 날엔 아주 난리가 나. 특히 언니가 콜라를 좋아하는데 김이 빠져나가지 않게 엄청 꽉 잠그거든. 내가 그걸 모르고 몰래 훔쳐 먹다 딱 걸렸지 뭐야.

안 먹었다고 억울하다고 계속 발뺌했는데도, 언니가 진짜 심각하게 화를 내는 거야. 나도 그냥 짜증나서 솔직하게 확 말해버렸다? "그래 한 입 먹었다!"라고. 사실대로 말한 순간 진짜 전쟁이 시작됐어. 하필 그날은 말려줄 엄마도 없었지. 그 뒷일은 상상에 맡길게.

딱 한 잔만의
의미

내가 십 대 사춘기 소녀였을 때
아빠의 "술 한 잔만 하고 갈게!"라는 말을
철떡같이 믿는 순진한 소녀였을 때
나는 아빠에게 "진짜 딱 한 잔만 하고 와!"라고 말했다.

친구들이 다 같이 짠짠을 외치는데
조용히 술잔을 들지 않는 아빠를 향해
친구가 "어이 왜 안 마셔? 무슨 일 있어?"라고 하면
아빠는 "딸내미랑 술 한 잔만 하기로 약속했어. 허허" 하고
벌개진 얼굴로 웃는 모습을 상상했고
당연히 가능한 일이라고 생각했다.

그리고 내가 이십 대가 되었을 때
걱정할 것도 많고 위로해야 할 것도 많은 청년이 되었을 때
엄마가 문자로 "딸 언제오니"라고 물어보면
"친구랑 한 잔만 하고 갈게"라고 말하는 어른이 되어있었다.

이젠 나도 아빠의 딱 한 잔이 어떤 의미였는지 알게 된 것 같다.
수고한 오늘을 위한 위로주!

카멜레온 같은
인간관계

나는 A에 대해 악의 없이 말했는데
타인에 의해 플러스 플러스 플러스가 돼서
사소한 이야기가 눈덩이처럼 커졌어.
결국에 A는 A+ 같은 사람이 아닌 C 같은 사람이 된 거지.

나는 내 옆에 있는 사람과 편하게 대화하고 싶어서
그저 다른 사람에 대해 이야기할 땐 공감만 해줬을 뿐인데
결국 그것도 뒷담화였던 거야.

그거 알지? 함께 맞장구치며 속닥속닥 이야기해야
뭔가 더 친해지고, 든든한 유대가 형성되는 기분?

카멜레온처럼 이 사람과 있을 땐 이렇게 색을 바꾸고
저 사람과 있을 땐 저렇게 색을 바꿨어.
인간관계도 살기 위해 보호색을 띄는 것처럼.

알아, 반성해!
남 말은 뒤에서 하는 게 아니라는 거!

내가 쿨한 것
뿐이야

내가 소심해서
배달전화나 주문을 못 하는 건 절대 아니야.
이유는 없는데 그냥 떨려.

주문한 음식에서 머리카락이 나와도,
더럽지만 뭐 사람은 실수도 할 수 있으니까… 라고 생각해.
실수는 봐줘야지!
좋게 좋게 생각하는 거지.
난 소심한 게 아니라, 쿨한 거야!

안주 먹을
권리

나는 술을 못 마신다.
마음은 술을 즐기고 싶은데 몸에서 술이 안 받는다.
가끔씩 용기가 필요한 순간이나
미치고 싶을 때가 있는데
술의 힘을 빌리고 싶어도, 취하기도 전에 뻗어버린다.

특히 소주, 소주가 들어가면 얼굴이 빨개지다 못해 터질 것 같다.
밤인데 뭐 어때, 괜찮아, 라고 말하는 사람도 있지만
얼굴이 뜨거워지면 공들인 화장이 다 무너지고
눈썹도, 아이라인도, 입술도 다 사라진다.
사실 이게 제일 중요하다. 술 마시면 얼굴에 못생김이 덕지덕지 붙는 거.

그래도 술자리를 찾아가는 이유는
그 흥겨운 분위기가 좋아서다.

수다가 생각나는 날엔 친구들에게 연락을 돌린다.
야, 한잔 하자!

너네는 술을 마셔라, 난 안주를 마시마!

땅콩 같은
존재

남자들은 좋겠다. 스킨, 로션만 바르면 끝이잖아. 여자들은 스무 살 때부
턴 스킨, 로션, 에센스, 아이크림 정도는 챙겨 발라야 한다며? 난 이미 끝
났어. 이제야 바르기 시작했거든. 요즘은 너무 건조해서 수분크림을 바
르기 시작했어. 이번에 미백크림을 새로 샀는데 이거 진짜 대박이야. 진
짜 하얘진다니까? 오빠가 내 피부가 원래 이렇게 하얀 줄 알고 깜빡 속
더라. 그 정도로 자연스러워. 그리고 제일 중요한 거. 각질 관리 안 하면
비싸고 좋은 거 아무리 발라도 소용없어. 화장 뜨는 게 제일 싫어. 이번
에 거기서 각질제거 크림 샀는데 진짜 보들보들. 아니 절대 자극적이지
않다니까? 내 피부 만져봐. 부드럽지? 아까 나오기 전에 한 번 하고 나왔
는데 완전 대박이야. 그래 다른 제품은 너무 거칠잖아. 나 피부 엄청 예
민한 거 알지? 그때 나 피부 뒤집어졌던 거 화장품 잘못 써서 그래. 근데
이건 완전 좋아. 리뷰도 엄청 좋고. 이거 지금 30% 세일하던데? 이따 집
에 가는 길에 들를까? 아, 나 이번에 산 립스틱 색 봐, 예쁘지! 그래 걔, 그
연예인이 하고 나온 거. 근데 이건 지속력이 좀 떨어져. 그래서… (생략)

여자들 사이에 화장품 얘기는 맥주 안주 같은 거야.
더럽게 헤어진 전남친은 주전부리.

왜 나한테는
말 안 걸어

젊은이들이 많이 찾는
대학가, 번화가, 유흥거리를 걷다보면
"몇 명이서 왔어요?"
"11시 전까지 무료입장인데"라며
무수히 많은 삐끼들이 호객행위를 한다.

그런데 꼭 예쁜 친구랑 가면, 난 유령 취급하더라.

몇 명이서
왔어요?

친하다는
증거

여자들끼리 친하다는 증거는?

같이 목욕탕에 갈 수 있다.
내 작은 가슴, 숨겨왔던 뱃살까지 모두 보여줘도 민망하지 않다.

같은 화장실 바로 옆 칸에서 동시에 볼일을 볼 수 있다.
방귀를 방귀로 답해줄 수 있는 사이.

착한 여자 콤플렉스?
신데렐라 콤플렉스?

엄마니까, 여자는 모성애가 강하니까,
여자는 현모양처가 좋다고들 하니까.

우리 사회에 만연하고 있는
착한 엄마,
착한 여자친구,
착한 사람 콤플렉스.

착한 신데렐라가 왕자님을 만난 것처럼
권선징악을 이야기하는 동화처럼
착하게 살면 행복해질 것 같니?

백마 탄 왕자님이 나를 공주로 만들어 줄 거란 환상을 깨.
현실은 여우 같은 여자들이 왕자를 차지한다.

여자는 핑크
남자는 파랑

왜 우리는
여자는 분홍색, 남자는 파랑색을 좋아할 거라고 생각할까?
왜 분홍은 여자 색, 파랑은 남자 색이 되어버린 걸까?

남자가 분홍색을 좋아한다고 하면
저 남자는 여성성이 강하군,
이라고 제멋대로 생각해버린다.

태어날 때부터 성별에 따라 좋아하는 색깔이 정해지는 걸까?
아니면 어릴 때부터 남녀를 구분하는 색까지 학습되는 걸까?

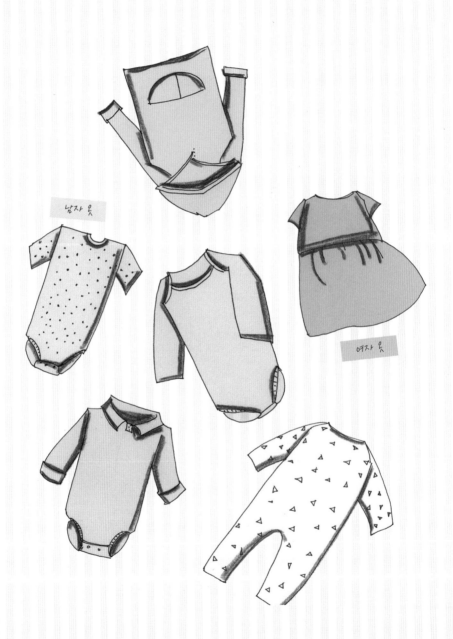

남자 옷

여자 옷

친구 따라
노는 방법도 다르다

친구들마다 제각기 성향이 다르다.
그러니 노는 방법도 다 다를 수밖에.

카페에서 수다 떠는 걸 좋아하는 친구,
클럽 가는 걸 좋아하는 친구,
야구를 보거나 캐치볼 하기를 좋아하는 친구,
지역별 맛집 찾아다니길 좋아하는 친구,
조용히 앉아 책 읽기를 좋아하는 친구….

그래서 카페 가는 친구랑 클럽 못가고(노는 중간에 못 참고 나가버림)
클럽 좋아하는 친구랑 카페 못간다(지루해서 계속 하품함).

이래서 끼리끼리 논다는 건가 봐.

든든한
사람

내가 하고 싶은 일이 뭔지
좋아하는 남자 취향은 어떤지
가장 힘들었던 시기가 언제였는지
내가 좋아하고 싫어하는 음식이 뭔지
언제 가장 힘을 얻고
언제 가장 외로워하는지
어떤 꿈들을 꾸었는지
과거의 나와 지금의 내가 얼마나 달라졌는지
몇 번이나 사랑을 하고 이별을 했는지
지금 나의 가장 큰 고민이 무엇일지
가족보다 나를 더 잘 아는 내 친구!

근주자적
근묵자흑

근주자적 근묵자흑(近朱者赤 近墨者黑) :
붉은 인주를 가까이하면 붉게 되고 먹을 가까이하게 되면 검게 물든다.

지금 내 옆에 있는 사람은 어떤 사람인가?
그 사람과 같이 있을 때 나는 어떤 색으로 변했나?

착한 사람과 사귀면 착해지고,
악한 사람과 사귀면 악해진다고 한다.

사람을 붉은 인주와 검은 먹 두 가지로 나눌 순 없지만
어떤 사람을 만나고 사귀냐에 따라
내 빛깔이 달라지는 건 사실인 것 같다.

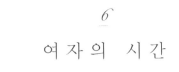

6

여자의 시간

남녀의
차이

남자의 성욕은 여자의 식욕과 같다는 말이 있다.

남자들은 말한다. "여자들은 뭐가 그렇게 매일 먹고 싶어?"
여자들이 말한다. "남자들은 그게 매일 그렇게 하고 싶어?"

남자의 현자타임은 사정 후
여자의 현자타임은 식후라는 말이 여기서 온다.

* 현자타임: 흥분상태가 급격히 가라앉은 후 평정을 되찾은 순간을 이르는 속어.

인정하기 싫지만
반박할 순 없는 말

새털보다 가벼운 것은? 먼지다.
먼지보다 가벼운 것은? 바람이다.
바람보다 가벼운 것은? 여자다.
여자보다 가벼운 것은 아무것도 없다.

- 알프레드 드 뮈세

여자는 바람보다 가벼울 때도 있지만
사랑을 할 땐 바위보다 무겁고
산보다 웅장하고
바다보다 깊고 넓어지기도 한다.

여자의
내숭

- 남자친구가 갑자기 집 앞으로 찾아왔을 때,
  비비 바르고, 눈썹 그리고, 틴트 바르고,
  할 수 있는 화장은 다 해놓고 쌩얼이라고 부끄러운 척 하는 거.

- 섹스할 때 본래 오르가즘의 1.5 배 정도 부풀려서
  남자친구 기 살려주는 거.

- 남자친구와 통화할 때, 친구와 통화할 때, 직장 상사와 통화할 때
  목소리가 각각 바뀌는 거(성우로 착각할 정도).

- 데이트할 때는 파스타 하나만 먹어도 배부른 척,
  친구들과 먹을 땐 무조건 1인 1닭 하는 거.

- 돼지우리 같던 방을 남자친구 오기 하루 전날
  대청소하고는 평소에도 깨끗한 척 연기하는 거.

- 친구랑 있을 때는 욕, 신조어, 막말 섞어가며 대화하면서,
  남자친구 앞에서는 욕도 못하는 척 하는 거.

- 데이트 전날 목욕탕에서 때 빡빡 밀고,
  묵은 각질 제거를 위해 스크럽으로 대공사 들어가 놓고
  원래 피부가 부드러운 척 연기하는 거.

여 성 퀴 즈

Q: 세계 최초로 여성 참정권을 인정한 나라는?
A: 1893년 최초로 뉴질랜드에서 여성참정권이 인정되었다.

Q: 세계 여성의 날은?
A: 3월 8일

산타 할머니

어렸을 때 항상 궁금했던 게 있었는데
산타 할아버지는 미혼일까 기혼일까.

할아버지쯤 됐으면 당연히 손자도 있을 것 같고
손자가 있다면 할머니도 있을 텐데
할아버지가 선물을 배달하러 갔을 때
할머니는 뭐하고 계실지 궁금하다.

집에서 다음 배달지 선물을 포장하고 있을지,
아니면 밀린 집안일을 하고 있을지,
아니면 산타 할아버지 옆 좌석에 앉아서
다음 주소지를 알려주고 있을지!

아, 지금 생각해보니
할아버지가 미혼일수도 있겠구나?

우리가
믿고 싶은 것들

아침 사우나에 가서 몸에 있는 수분이란 수분은 다 빼놓고,
쾌변도 하고, 머리 물기까지 다 말리고 나서
실오라기 하나 걸치지 않은 채로 체중계 위에 올라가 체중을 잰다.
그리고 그 숫자를 내 몸무게라 믿는다.

살쪄서 브라 컵사이즈가 커지면
가슴이 커졌다고 생각하고
반대로 살이 빠져서 브라 컵이 작아지면
가슴부터 빠졌다고 생각한다.
그게 원래 가슴이었는데….

다이어트의
정석

다이어트를 결심한다.
하지만 생리 전 식욕이 폭발했다.
그래. 생리하기 전엔 먹어도 살 안 찐다고 했지.
이번 주만 먹어두자. 내 정신건강을 위해!

다이어트한다고 여기저기 소문을 냈다.
하필 저녁 약속이 있는데 취소하지 못했다. 그래 조금만 먹자.
점원에게 음식을 주문한다.
고르곤졸라 피자랑 베이컨 듬뿍 넣은 로제파스타,
스테이크 샐러드 주시고요. 음료는 제로 콜라로 부탁해요!

다이어트한다고 소문이 다 났다.
친구들과 커피 약속이 잡혔다.
점원에게 커피를 주문한다. 모카라떼 주시고요.
음료는 저지방 우유로, 생크림은 듬뿍 올려주세요.

뭐 먹을 때마다 주위에서, 다이어트 한다고 안 했어?
참견하고 잔소리하기 시작한다.
나도 먹고 싶은데 이젠 자기들끼리 먹으러 가버린다.
아 씨, 스트레스 받아! 먹을 거 가지고 드럽게 치사하네!
그래, 오늘까지만 먹고 다이어트는 내일부터!

돈과 행복의
연관성

"돈 없이도 행복할 수 있다!"
라는 말은 이제 먹히지 않는 시대가 왔다.

돈이 있어야 가장 기본적인 의식주를 해결할 수 있고
보고 싶은 영화를 볼 수 있고
친구와 커피 한잔하는 여유로움을 느낄 수 있고
꿈꾸던 여행지에서 휴가를 보낼 수 있고
갖고 싶은 물건을 살 수 있고
사랑하는 사람에게 작은 선물 하나라도 할 수 있기 때문이다.

입에 풀칠은 해야 행복을 도모한다.
하지만 가장 중요한 것은
돈만으로는 인생의 행복을 살 수 없다는 것.

MOVIE

먼저 타라고
하지 마

보통의 남자들은 여자와 택시를 탈 때
"먼저 타"
"먼저 타세요"
하며 레이디 퍼스트를 실천한다.
하지만 사실 그건 배려가 아니다.

짧은 치마를 입었거나, 붙는 원피스를 입었을 때는
먼저 타서 옆자리로 옮겨 앉는 게 얼마나 불편하다고!

나중에 타고 먼저 내리는 게 오히려 편하다.
레이디 세컨드가 배려가 된다는 말씀.

가격보다
마음

여자가 남자에게 원하는 건
비싼 선물이 아니라 마음이다.

추운 겨울 손이 찬 여자친구를 위해
백화점 브랜드의 값비싼 장갑을 선물하는 것보다
"그냥 지나가다 너 생각나서 샀다" 하며
쑥스럽게 건네는 노점상 벙어리 털장갑이 더 감동적인 법이다.

평소에도 내 생각했다는 그 마음에 한 번 더 설레는 거지.

할머니도 아름답다,
화려한 실버라이프

반평생을 자식들 위해 살았으니
남은 인생은 온전히 나를 위해 살 거다.
누구의 엄마, 누구의 할머니를 은퇴선언한다!

칙칙한 다방에서 젊은이들이 가득한 카페로,
매일 왔다 갔다 했던 동네 산책에서 패키지 해외여행으로,
다 늘어난 몸빼에서 번쩍번쩍 화려한 옷과 선글라스로,
방 안에서 라디오로만 즐겼던 음악을 콜라텍으로,
당당하게 새로운 남자친구까지.

인생의 굴곡을 모두 겪어낸 뒤
아름다운 노년을 사는 멋진 실버라이프.
인생을 즐기는 노년이 아름답다!
노세 노세 늙어도 노세!

가끔은 개소리도
힘이 된다는 사실

전철에서 한 아저씨가
허리띠를 하나에 만 원에 팔고 있다.
이 분은 다른 분들과 다르게 독특한 상품 설명을 시작했다.

겉보기에 그저 밋밋한 검정색 허리띠인데
이 허리띠는 우주 만물을 담는 힘이 있다,
이 허리띠는 천지창조를 한 브랜드에서(?) 만들어졌다 등
그냥 듣고만 있어도
참 개소리 같았다.

근데 이상한 건 오늘따라 아저씨 말에 힘이난다.
이렇게 꽉꽉하고 답답한 전철 안에서
피식하고 웃게 만드는 힘을 갖고 있는
사람이 있다는 것 만으로도 숨통이 트인다.

개똥도 약에 쓴다고?
때론 개소리도 힘이 된다!

가장 좋은
치료

3년 전, 엄마는 갑자기 찾아온 허리디스크로
우울한 날들을 보내고 있었다.
그러다 요가를 시작했고,
운동을 통해 그늘져 있던 성격이 많이 밝아졌다.

문화센터에서 요리를 배우며 더 많은 친구를 사귀게 되었고,
집에서 밥하고 빨래만 하는 엄마가 아닌
취미활동도 하고, 새로운 공부를 시작하고,
가족을 위한 삶이 아닌 엄마 자신을 위한 삶을 사는
또 다른 엄마로 변해갔다.
행복해하는 엄마를 보며 가족 모두가 행복해졌다.
그리고 가족 모두가 든든한 지원군이 되었다.

우리는 가끔 엄마의 인생을 잊고 산다.
엄마도 여자다. 엄마도 자기 인생의 주인공이다.
세상의 모든 엄마들이 자신의 인생을 위해
자신의 마음을 위해 조금만 더 시간을 쏟았으면 좋겠다.

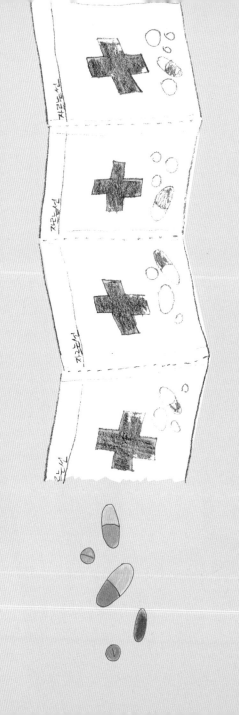

Good Night!

며칠 밤새워서 만들어간 프로젝트가 별로라는 말을 들었는가?
1년 동안 짝사랑하던 사람에게 용기를 내어 고백했는데
보기 좋게 차여서 속상한가?
큰 마음먹고 산 비싼 화장품 때문에 피부가 뒤집어졌나?
생일인데 오늘따라 핸드폰이 너무 조용한가?

그래도 괜찮다. 괜찮다고 생각하자.
지금은 많이 힘들겠지만, 시간이 지나면 아무렇지 않을,
힘들었던 때를 웃으면서 이야기할 수 있는 내일이 있으니까.

Good Night!

묘한 경쟁

여자들끼리 모이면 웃으면서 인사함과 동시에
머리부터 발끝까지 단 1초 만에 스캔이 된다.
"똑"

내가 비싸서 포기했던 가방인데 쟤는 샀네? 돈 좀 있나본데?
아냐 짝퉁일 수도 있어.
내가 그렇게 찾던 귀걸이인데 어떻게 찾았지? 어디 제품이지?
물어보면 따라하는 거 같을까.
쟤는 남자친구랑 펜션으로 놀러갔다고?
괜찮아. 우리는 내년에 해외여행 가기로 했잖아.
쟤 남자친구는 대기업에 다닌다고?
괜찮아. 내 남자친구는 날 목숨처럼 사랑해주잖아.
쟤 오늘따라 더 글래머러스해 보이네?
괜찮아. 쟤는 가슴이 있지만 엉덩이가 없잖아.
쟤는 어떻게 했길래 저번보다 살이 더 빠졌지?
괜찮아. 나도 지금 살 빼는 중이잖아. 곧 티 날거야.

"딱"
여자들의 스캔능력은 컴퓨터도 따라갈 수 없을 정도로
순식간에 일어난다.

냄새의
기억

서울로 가는 기차 안에서 갑자기 익숙한 향기가 코를 스쳤다.
그리운 우리 외할아버지 냄새다.

사람들은 냄새로 사람을 기억하거나, 추억을 떠올리기도 한다.
담배 찌든 냄새가 나던 고등학교 체육선생님.
코를 찌를 듯 강한 향수 냄새를 풍기던 단골 미용실의 헤어디자이너.
순한 로션을 써서 아직도 애기 냄새가 나는 내 친구.
그리고 나를 따뜻하게 안아줬던, 한때 사랑했던 그 사람의 살 냄새.

아침에 내리는 비 냄새를 맡으면,
어렸을 때 놀러갔던 캠핑장 풍경이 생각나고
된장찌개를 먹을 때마다 엄마 생각이 나고
커피를 마시면 지금은 사라진 단골 커피숍의 풍경이 생각나는.

사람들은 그렇게 냄새로 사람을 기억하거나
추억을 떠올리기도 한다.

시대의 악녀를
말하다

당나라 황제 현종의 극진한 사랑을 받았고, 한 나라를 기울게 할 만큼
아름다웠지만 결국 자결 아닌 자결로 생을 마감한 양귀비.

프랑스 국왕 루이 16세의 왕비로 아름다운 외모를 가졌지만,
사치를 일삼아 단두대의 이슬로 사라진 비운의 여인 마리 앙투아네트.

한나라를 세운 유방의 부인으로 황제의 권력을 휘두르고
척부인을 인간돼지로 만든 여후.

아름다움을 이용해 권력을 얻은 동시에
한 나라의 존망을 뒤흔든 악녀로
역사에 이름을 남긴 여자들.

그들이 진정 얻고자 했던 것은
돈과 명예가 아닌, 사랑 아니었을까?
그들이 악했던 이유는 자신의 사랑에 목숨을 걸었기 때문 아닐까?

내 계획대로
나아갈 거야

하고 싶은 게 있다면 눈치 보지 말고 도전해.

한 치 앞을 예상할 수 없는 게 인생이라지?
당장 5분 뒤에 세상이 망할지
내일 아침에도 무사히 눈 뜰 수 있을지
여전히 안녕할 수 있는지 알 수 없잖아.

머뭇머뭇하다간 다른 사람에게 그 기회를
눈앞에서 빼앗기는 가슴 아픈 순간이 생길 거야.
내가 성공할지 실패할지는 시작을 해야 알 수 있어.
지금까지 잘 해왔던 것처럼 앞으로도 잘할 수 있다고
뭐든 해낼 수 있다고 생각해.
자신을 믿어!

우린 지금보다 더 행복해질 거야.

감히 쉽게 말할 수 없는
여자의 내면

여자는 티백과 같다.
뜨거운 물에 담그기 전에는 얼마나 강한지 알 수 없다.

– 엘레노어 루즈벨트

작가의 말

"나는 못생긴 게 아니고, 매력적인 거야!"

여자들은 예뻐 보이기 위해 많은 노력을 합니다. 요즘 유행하는 옷을 입고, 인기 있는 연예인의 헤어스타일과 화장법을 따라하죠. 하지만 아무리 꾸미고 흉내 낸다고 해도 내 진짜 모습이 바뀌진 않습니다. 찢어지고 쌍꺼풀 없는 눈, 작은 키, 날씬하지 않은 몸이면 뭐 어떤가요?

세상엔 다양한 여자가 살고, 다양한 아름다움이 존재합니다. 여자들이 자신의 '콤플렉스'라고 생각했던 것들을 '매력'이라고 바꿔서 생각할 수 있기를 바랍니다. 모든 여자들이 더 행복해졌으면 합니다. 어제보다 오늘 더, 자신을 사랑할 수 있기를!

항상 드로잉과 한국화 작업으로만 말을 하던 저의 '그녀'에게 말을 할 수 있도록, 도와주고 애써주신 마음의숲 식구들에게 감사드립니다. 마지막으로 제 책이 풍부해질 수 있도록 다양한 생각들을 공유해준 친구들과 우리 가족, 항상 저에게 긍정의 힘을 넣어준 주변 분들께 정말 고마운 마음을 전하고 싶습니다.

여자의 발견

copyright ⓒ 2016 조화란

글·그림 조화란

1판 1쇄 인쇄 2016년 6월 7일
1판 1쇄 발행 2016년 6월 14일

발행인 신혜경
발행처 마음의숲

대표 권대웅
편집 송희영, 김보람
디자인 고광표
마케팅 노근수, 황환정

출판등록 2006년 8월 1일(105 - 91 - 03955)
주소 서울시 마포구 동교로 144 - 13(서교동 436-32, 2층)
전화 (02) 322 - 3164~5 | 팩스 (02) 322 - 3166
페이스북 facebook.com/maumsup
ISBN 979 - 11 - 87119 - 76 - 0 (03810)

마음의숲에서 단행본 원고를 기다립니다.
따뜻하고 생동감 넘치는 여러분의 글을 maumsup@naver.com으로 보내주세요.

이 도서의 국립중앙도서관 출판시도서목록(CIP)은 e-CIP홈페이지(http://www.nl.go.kr/ecip)와
국가자료공동목록시스템(http://www.nl.go.kr/kolisnet)에서 이용하실 수 있습니다.
(CIP제어번호: CIP2016013834)